AF291170

LE PETIT ROMAN.
Complet: 25c
NOUVELLE MIMI-PINSON
Collection F. FERENCZI

Nouvelle Mimi Pinson

ROMAN D'AMOUR INÉDIT

par Jean BÉARNAIS

Midi, place Vendôme. Les maisons de couture lâchent leurs essaims de midinettes. Les petites fées de la couture parisienne se hâtent vers le déjeuner. Un instant, elle s'arrêtent devant les somptueuses bijouteries et admirent les colliers de prix, les bagues qui jamais n'orneront leurs doigts, les brillants que portent, dans les soirées de rêve, celles qui revêtent les robes que les petites mains habiles ont confectionnées.

Comme toutes les maisons la grande maison Rinof a libéré ses employées. Elles s'en vont par groupes, s'interpellent.

— Mimi !...

— Quoi...

— Tu as l'air rêveuse, ce matin... A qui penses-tu...

— A rien, ma petite Jeanne...

— Vilaine menteuse !...

— Non... je t'assure...

Et Mimi presse le pas. Visiblement, elle cherche à semer ses compagnes.

— Tu ne viens pas avec nous, aujourd'hui ?

Mimi paraît gênée. Elle baisse la tête, semble honteuse de délaisser ses camarades.

— Non... Je dois rentrer chez moi...

— Lâcheuse... Eh bien, au revoir...

— Au revoir...

Elle laisse ses amies prendre les devants et s'en aller, rieuses, railleuses. Elle va d'un petit pas, un peu inquiète, émue...

Qui peut remuer le cœur d'une arpette de vingt ans?... Pourquoi Marcelle Régnier, surnommée « Mimi », semble-t-elle si agitée aujourd'hui?

Hier après-midi, alors qu'elle était en course, elle a remarqué qu'un jeune homme la suivait. Cela lui arrive journellement. Elle a ralenti le pas et a cherché à apercevoir le visage du suiveur dans une vitrine. Un visage d'une mâle beauté s'est révélé. Mimi a encore ralenti le pas, le cœur battant. Le jeune homme, après avoir longtemps hésité, s'est enfin décidé à l'aborder. Comme il paraissait troublé!... et comme néanmoins il avait bon air!...

Un dialogue s'est engagé, dialogue parisien, spirituel, enjoué... Marcelle a appris que le jeune homme se nommait Jean Lambert, qu'il habitait à Montmartre un petit atelier où il peignait en attendant la gloire...

On avait longuement causé et, à la fin de l'entretien, devant la porte de chez Rinof, la sympathie devenait plus directe. On s'était quitté et Jean avait demandé l'autorisation de venir la chercher à son travail. Elle avait refusé, en premier lieu, mais il l'avait tellement harcelée qu'elle avait fini par accepter. Cependant, afin que ses compagnes ne pussent la voir, elle avait donné rendez-vous au métro Opéra à midi un quart...

— Vous y serez? avait-il demandé d'un air suppliant.

— Puisque je vous promets!...

C'est pourquoi Mimi n'avait pas accompagné ses

amies. Elles avaient l'habitude de se rendre dans un petit café de la rue Caumartin et y déjeunaient frugalement de charcuterie et d'un café-crème. Ces maigres repas leur permettaient d'économiser pour acheter de la poudre, du rouge et, parfois, un petit costume élégamment porté.

Souvent elles étaient lasses de cette vie à demi misérable, elles que l'on nomme les « petites reines de Paris ». Jeanne Sellier, l'amie intime de Mimi, partait en guerre la plupart du temps contre cette existence. Elle menaçait de suivre un jour un de ces brillants séducteurs qui, le soir, attendent les arpettes à la sortie des maisons de couture et offrent une vie luxueuse. Des camarades, tout en continuant à travailler, connaissaient la joie des belles nuits dans les boîtes...

— Ah! disait Jeanne, j'en ai assez d'être honnête, de me priver pour conserver cette élégance qu'on nous envie, de mener sans cesse une vie de privations... Regarde les autres, Mado, par exemple... Elle est du dernier chic... elle déjeune dans les restaurants, à la carte, elle va danser dans les boîtes les plus réputées... Tout ça parce qu'elle a un ami riche ...et généreux... Qu'en pensez-vous, vous autres?... Et toi, Mimi?...

Mais Mimi ne répondait pas.

Orpheline, elle avait connu, dès son plus jeune âge, la rudesse de l'existence, et elle trimait durement pour élever son jeune frère Paul. Actuellement il était pensionnaire dans un lycée, car Mimi voulait qu'il devînt un homme instruit, capable de se défendre avec succès, et de ne pas se débattre, comme elle-même l'avait fait.

Ces pensées l'agitaient tandis qu'elle cheminait vers le métro Opéra. De temps en temps elle s'observait dans une glace et apercevait sa silhouette fine et gracieuse, son joli minois dont la fraîcheur égalait la délicatesse.

Elle parvint au métro. Jean l'y attendait et la vit venir avec joie.

— Je craignais que vous ne veniez pas...

—Pourquoi? du moment que je vous l'avais promis!...

— Où voulez-vous que nous allions? dit-il... Etes-vous pressée?...

— Je reprends mon travail à deux heures...

— En ce cas, nous déjeunerons dans le quartier. Je connais un restaurant russe où l'on mange très bien...

— Est-ce cher?...

Il se mit à rire :

— Décidément, vous me semblez avoir toutes les qualités... Non, ce n'est pas trop cher...

— Tant mieux, car je ne veux pas vous créer de trop grandes dépenses...

— Je viens de gagner un peu d'argent... Et puis, pour la première fois que j'ai la joie de vous traiter, je ne veux pas lésiner et j'entends que vous ne disiez pas que je vous fais jeûner...

— Oh! je mange si peu...

Il s'attrista, car il savait bien que ces enfants ont accoutumé de se priver.

— J'espère que vous me tiendrez tête brillamment... et, au besoin, j'ajouterai que je l'exige...

Le déjeuner fut un régal. Mimi n'avait jamais aussi bien mangé de sa vie. Jean s'amusait des mines qu'elle prenait en dégustant les mets savamment apprêtés. Malheureusement il fallut se hâter un peu, car, en cet antre de délices, l'heure tournait beaucoup plus vite que dans le triste petit café où elle mangeait de pauvres choses qui garnissent à peine l'estomac...

— Etes-vous contente, Mimi?...

— J'ai rarement passé aussi rapidement un temps aussi agréable!...

— Eh bien, tant mieux, c'est tout ce que je désire...

— Hélas! il faut que je rentre à présent...

Il faisait si beau! Des voix tentantes conseillaient le travail buissonnier, loin de l'atelier où l'air était rare, où le labeur attendait et la tiendrait clouée sur sa chaise, de longues courses d'horloge.

— Puis-je revenir ce soir?

Elle hésita avant de répondre. Elle se méfiait encore, car elle connaissait à peine ce Jean Lambert... Il était peintre. N'avait-elle pas souvent entendu dire que ces gens étaient des débauchés, qui vivaient en compagnie de petites femmes qu'ils délaissaient une fois la fortune venue?... Elle se souvenait de la *Vie de Bohême* de Mürger. Mimi Pinson était sa patronne. Souvent, dans l'atelier, on la comparait à elle... Elle ne voulait pas se brûler comme cette pauvre enfant, à la flamme de la vie; jusqu'à présent, elle avait été sage, et entendait bien le demeurer...

Il s'aperçut de son hésitation et lui dit :

— Oh! je comprends vos scrupules... Vous ne me connaissez pas ...Vous avez raison de vous méfier de moi... Mais ne craignez rien... Mes intentions sont pures...

— Oh!...

— Oui, je sais... les plus sacripants disent cela... Mais je vous démontrerai que je suis sincère...

— J'en accepte l'augure...

— C'est une façon d'accepter que je vienne vous chercher ce soir... A quelle heure?...

— Soit, fit-elle, à six heures ...

— Métro Opéra?...

— Oui...

Ils s'en allèrent et il la quitta un peu avant la place Vendôme. Elle se hâta. Deux heures allaient sonner. Son cœur était en fête. Qu'adviendrait-il de cette aventure née sous de si heureux auspices...

— Eh bien, Mimi, tu t'es bien amusée « chez toi ».

— Penses-tu, Jeanne...

— Ah! Ah!...

Jeanne l'attendait devant la porte, en riant, et Mimi se rendit compte de son air à la fois inquisiteur et ironique.

— Il n'est pas mal... « chez toi »...

Mimi vit qu'on l'avait aperçue.

— Qui est-ce? ajouta Jeanne.

— Un jeune peintre, Jean Lambert...

— Il n'est pas mal du tout... Y a-t-il longtemps que tu le connais?

— Depuis hier seulement...

— Ah! cachottière!... Pourquoi ne pas m'en avoir parlé... Je m'en doutais, du reste... Eh bien, sois heureuse... Mais, prends garde, les peintres sont des coureurs!...

Mimi ressentit une légère pinçure au cœur. Mais, comme deux heures sonnaient, elle rentra sans répondre

II

Jean prit l'habitude de venir chercher Mimi à midi et le soir. Ils déjeunaient dans un petit restaurant bon marché, devisant gaiement, prenant à la vie un goût nouveau. Le soir, il la raccompagnait lentement chez elle, à Ménilmontant. Une fois par semaine, ils se rendaient au cinéma du quartier. Mais c'était les dimanches qu'elle attendait avec impatience! Lorsqu'il faisait beau, ils allaient se promener dans la banlieue parisienne qui recèle des coins si pittoresques. Le calme et le charme de la campagne la prenaient entièrement. Jean emportait son attirail de peintre et il interprétait un paysage qui les avait plus particulièrement émus. Actuellement il avait commencé à faire son portrait et, à cette occasion, elle s'était rendue à son atelier de la rue Girardon, un dimanche qu'il pleuvait...

Elle avait eu peur un instant d'y aller. Qui sait si Jean n'abuserait pas de la situation et si leur belle amitié ne s'en trouverait pas ainsi ternie! Mais ses alarmes avaient été vaines. Il s'était montré d'une correction parfaite, et pas un instant son regard n'avait démenti le calme de ses propos...

A présent, Jean était entré dans sa vie. Un jour, il n'avait pu venir et elle s'en était trouvée toute triste. Une autre fois, c'était un samedi, elle l'avait vu bouleversé.

— Je ne pourrai pas sortir avec vous demain...

— Pourquoi?...

— Je viens de recevoir une lettre de ma famille... On me réclame pour demain...

Mimi avait ressenti un grand choc au cœur. A la réflexion elle s'était émue de s'apercevoir de sa tristesse. Quoi? Tenait-elle donc tant que cela à lui?... Un jour, pourtant, il s'en irait! Et alors, qu'adviendrait-il?... Elle avait peur de s'interroger...

Mais ses compagnes et surtout Jeanne se rendaient compte de son inquiétude.

— Qu'as-tu donc, Mimi?...

— Rien, Janine...

— Allons, allons, pas de boniments... C'est ton peintre, n'est-ce pas?... Raconte-moi ça... Allons, raconte...

Alors, lasse de tourner sur elle-même, Mimi lui fit part des pensées qui lui étaient venues. Jeanne réfléchit un instant et répondit :

— Voyons, il n'y a pas trente-six solutions... Tu l'aimes?...

Mimi hésita puis fit signe que oui.

— Bon!... Le mal est fait... Eh bien, aime-le, voilà tout...

— Mais que faire?

— Demande-lui ses intentions?

— Jamais...

— Il ne s'est donc pas déclaré?

— Non... Il est toujours correct, affectueux, sensible, gentil...

— Quel imbécile!...

— Pourquoi dis-tu cela?

— Eh! parce qu'il n'a qu'à éclairer sa lanterne, voyons... Tu ne penses pas qu'il va t'épouser, n'est-ce pas? Un peintre, ça ne se marie pas... Alors, tu n'as qu'à vivre avec lui... C'est simple...

Elles se turent, mais Mimi songeait toujours. En elle-même elle pensait qu'elle devrait parler à Jean, lui demander ce qu'il comptait faire. Mais elle s'effraya. Pourquoi songeait-elle à transformer leur sentiment d'amitié en un sentiment plus trouble et bien plus complexe?... N'était-elle pas bien ainsi?... Plus elle s'interrogeait plus elle craignait l'espèce d'émoi qui l'envahissait lorsqu'elle songeait à Jean ou qu'on en parlait devant elle...

Un samedi, à midi, Jean vint la chercher et l'emmena déjeuner dans un restaurant du quai d'Anjou dont la cuisine est très réputée. Elle s'était résolue à lui parler, et, afin d'être plus décidée, elle but un peu d'Anjou qui, rapidement, lui monta à la tête.

— Ecoutez, Jean, dit-elle après avoir mûrement réfléchi, savez-vous que mes amies jasent beaucoup sur mon compte?...

— Et quelle importance cela a-t-il, puisque tous les racontars que l'on fait sont sans consistance...

— Non... cela m'ennuie... Si jamais mon frère recueillait un de ces bruits méchants, que penserait-il de moi?...

— Il ne le croirait pas, j'espère?

— On ne sait pas...

— Alors, alors?... dit-il d'un ton désespéré... Où voulez-vous en venir?...

Elle prit un temps et, brusquement, sans oser le regarder en face, elle jeta, la voix angoissée :

— Jean, il faut espacer vos visites!...

— Mais, voyons, y songez-vous... je m'y suis trop habitué à ces douces amitiés!... Voulez-vous me rendre à jamais malheureux?...

Il bouda. Mais Mimi se rapprocha de lui et le regarda en souriant :

— Fâché?... Oh! que c'est vilain... Soyons amis... Allons... Amis?...

— Amis...

Ils passèrent l'après-midi dans un cinéma des Boulevards et, le soir venu, prirent l'apéritif et allèrent dîner...

Des nuages lourds couvraient le ciel. On sentait dans l'air surchargé un orage prêt à fondre. Les effluves électriques crispaient les nerfs...

On but encore. Mimi avait la tête lourde. Elle n'était pas habituée à boire ainsi. La griserie montait en elle. Elle entendait à peine Jean qui parlait des joies et des vicissitudes de son métier. Elle se sentait sans force. Elle essaya d'écouter, mais des sons emplissaient ses oreilles...

— Oh! que j'ai mal à la tête! dit-elle en gémissant...

Jean s'empressa, lui versa un verre d'eau fraîche :

— Buvez... ça ira mieux après...

Elle fût un peu soulagée et s'égaya. Elle n'apercevait plus les choses sous le même angle. La vie lui paraissait autre, un peu artificielle, joyeusement fébrile.

— Mimi!...

— Qu'y a-t-il?...

— Si nous reprenions la conversation si bien amenée à midi?...

Elle sourit. Les paroles de Jean ne la mettaient pas en colère. Elle leur trouvait même une certaine saveur.

— Si vous voulez...

— Ah! dit-il avec joie... Eh bien, je vais enfin

pouvoir vous avouer les sentiments que je ressens pour vous...

— Jean, vous m'aimez ainsi à présent, mais, plus tard, vous le regretterez, je serai une charge pour vous, lorsque vous connaîtrez la gloire et que toutes les femmes iront vers vous, belles, plus belles que moi... Vous regretterez ces heures où vous avouez un amour qui est certainement sincère, mais qui passera comme passent toutes les choses d'ici-bas...

— Non, petite Mimi... je vous affirme que je ne vous oublierai pas, que je ne pourrai jamais oublier la joie que vous allez me donner... Car je suis certain que vous ne refuserez pas, que vous ne pouvez refuser de m'accorder cette faveur suprême... vivre avec moi!... Etre mon inspiratrice, mon modèle, celle qui me conduira à la gloire, celle qui sera toujours à mes côtés... qui assistera à mon triomphe... qui en recevra sa part, une large part... Celle qui aura sans cesse mon amour et ma reconnaissance...

— Ces paroles sont trop belles, Jean, et me paraissent en dehors de la vie, hélas!... Je suis jeune, et néanmoins je connais l'inanité de ces mots éternels...

— Taisez-vous... Vous serez ma femme...

— Oh! Jean, pensez-vous que j'en sois digne?...

— Je vous en supplie, petite Mimi, précieuse compagne, soyez ma femme, nous serons tellement heureux... Voulez-vous? Dites... dites...

— Oui, murmura-t-elle.

Ils se retrouvèrent dans la rue. Il était de bonne heure.

— Qu'allons-nous faire?...

— Ce que vous voudrez, dit-elle.

A présent qu'elle avait avoué elle aussi son amour, elle s'abandonnait entièrement, s'offrait à lui dans la griserie de ses sentiments. Et lorsqu'il chercha ses lèvres avec avidité, elle les lui tendit, vibrantes et passionnées...

III

La vie prit un aspect nouveau pour Jean et Mimi. A peine un léger trouble survint-il dès le début, lorsque Jean dit :

— Ça ne t'ennuie pas que notre mariage soit un peu retardé ?...

— Oh ! pourquoi ?...

— Parce qu'il faut que je réclame les papiers nécessaires et qu'ils seront assez longs à venir...

Un instant, l'angoisse la parcourut. Elle ne voulut pas chercher à comprendre et répondit, en s'efforçant de sourire :

— Je sais que tu m'aimes, et cela me suffit... J'ai confiance en toi, mon petit Jean...

Ils promenaient partout leur bonheur. Jean venait la chercher à son travail et elle l'avait présenté à ses amies. Jeanne Sellier avait émis quelques doutes :

— Méfie-toi, Mimi...

— Oh ! c'est impossible, Jean m'aime trop... Nous devons nous marier...

— Soit... Je ne veux pas être un oiseau de malheur... mais pourquoi ne vous mariez-vous pas tout de suite ?...

— Jean a fait demander ses papiers... Dès qu'ils arriveront, nous nous marierons...

— Bien... Mais n'aurait-il pas plutôt des parents qui s'y opposeraient ?...

— Non... Il me l'aurait dit...

— Alors, n'en parlons plus et occupe-toi seulement d'être heureuse et de le demeurer...

A cela, Mimi y pourvoyait. Sa gaieté emplissait l'atelier de la rue Girardon. Jean n'avait jamais autant travaillé. Le succès semblait peu à peu venir. Quelques acheteurs se présentaient...

De temps en temps, le soir, on recevait des amis

de Jean, peintres et sculpteurs. Ils arrivaient avec leurs compagnes, se montraient un peu bruyants, mais si bons enfants que Mimi ne se fâchait jamais et leur pardonnait leurs farces. On faisait des projets d'avenir, des rêves d'or et de gloire...

Parmi les compagnons de Jean, l'un surtout avait les préférences. Il se nommait Marcel Fouquet. C'était un joyeux camarade ayant beaucoup de talent et très ami de Jean. Il était très affectueux envers Mimi et la traitait avec un grand respect.

— C'est celui-là que tu préfères, n'est-ce pas? disait Jean.

— Oh! oui...

— Et moi aussi... Il est sincère, toujours prêt à rendre service... Si par hasard il arrivait jamais quoi que ce soit, adresse-toi à lui...

— Que veux-tu qu'il arrive, mon chéri?...

Et Mimi lui sauta au cou et s'inquiéta de lire une soudaine tristesse sur son visage.

— Oh! rien, dit-il peu après... Mais enfin, on ne sait jamais, n'est-ce pas?...

Mais Mimi s'inquiétait encore du son de sa voix, et elle craignit subitement que leur bonheur si parfait ne vînt à recevoir une mauvaise atteinte du sort. Elle lisait parfois dans ses yeux des tristesses et s'en effrayait.

Un jour, elle lui vit nettement l'air anxieux.

— Qu'est-ce que tu as, mon grand chéri?

— Bah! rien du tout...

— Avoue...

Il la regarda et répondit rapidement :

— Mes affaires ne vont pas très fort, voilà tout...

Il lui sembla qu'il mentait et n'insista pas, mais redoubla d'affection.

Un soir, elle connut sa première douleur en ne le voyant pas à six heures à la sortie de son travail...

— Ton peintre n'est pas là? demanda Jeanne.

— Il m'a prévenue qu'il serait en retard... Je vais l'attendre, répondit-elle en rougissant.

Mimi attendit six heures cinq. D'abord elle ne s'inquiéta pas. Jean avait certainement été retardé. Il allait venir d'une minute à l'autre... Les minutes passèrent. Six heures un quart.

— Pourvu qu'il ne lui soit rien arrivé... Mon Dieu!...

Elle trembla et se mit à réfléchir. Le doute et l'angoisse l'étreignaient... Mais elle cherchait des raisons pour combattre son anxiété :

— Il a été retardé... et il a pensé que je m'en irais sans l'attendre... Je vais m'en aller...

Elle demeura encore. La demie sonna. Des hommes la dévisageaient et lui lançaient des œillades...

A présent, elle aurait voulu être rentrée. Elle craignait tout, mesurait la fragilité de son bonheur, les embûches multiples qui pouvaient se dévoiler à tout instant...

Afin d'être rentrée plus tôt, elle prit un taxi. Néanmoins, le trajet était long et elle poursuivait ses réflexions...

Elle s'étonnait de la différence qui existait entre Jean et ses compagnons. Il n'était pas comme eux, paraissait plus raffiné, plus soigné. Son langage n'était pas le même. Ils semblaient le considérer un peu comme un étranger. Que voulait dire cela?...

Elle demanderait à Fouquet. Certainement, il expliquerait cette différence qui, maintenant, éclatait à ses yeux. Elle aurait dû discerner la finesse de Jean, ses manières d'aristocrate...

— C'est cela... d'aristocrate...

Elle était arrivée... Son cœur sursauta. Jean était là, devant la porte, et lorsqu'il la vit, il se précipita:

— Ma petite Mimi!... tu as dû t'inquiéter... Pauvre enfant...

Il l'embrassait avec fièvre, sans se soucier des passants qui regardaient un peu narquois...

Mimi respirait. Toutes ses pensées la quittaient, à présent qu'elle retrouvait Jean. Elle s'en voulait d'avoir douté de lui, d'avoir eu des craintes folles. Ah! elles étaient bien parties, jamais plus elles ne viendraient...

— J'étais furieux... J'ai été retenu par un raseur...

— Ecoute, mon grand, ce n'est pas la peine de venir me chercher tous les soirs... Je ne t'attendrai plus... tu viendras quand tu voudras... quand tu pourras...

— C'est cela, dit-il.

Elle ne songea pas à s'étonner qu'il acceptât si facilement de ne plus aller devant la porte de Rinof. Autrefois, cela avait été sa joie...

A table, il parla peu, parut soucieux. Elle ne voulut pas lui demander ce qu'il avait, craignant de le contrarier. Mais, après-dîner, elle n'y tint plus et, se plantant devant lui, elle dit :

— Toi, tu as quelque chose et tu vas me l'avouer tout de suite...

Il ne répondit pas.

— Allons, insista-t-elle, assieds-toi et parle, ou sans ça, gare à toi...

Il l'attira à lui et consentit à parler.

— J'ai en effet des petits ennuis... Cet après-midi j'ai reçu la visite d'un ami de ma famille... Il m'a demandé où en étaient mes affaires... Je lui ai expliqué ma situation... « Hé! m'a-t-il répondu... tu n'es pas à la page, mon petit... Un peintre qui veut vendre ses toiles doit sortir, fréquenter des gens chic, aller chez les marchands... Ce n'est pas en restant enfermé que tu trouveras les clients... »

— Alors, que lui as-tu répondu?... Tu as accepté? Nous sortirons un peu?...

Il parut gêné.

— Eh bien! continua-t-elle, il avait raison, cet ami... Pourquoi restes-tu silencieux? Qu'est-ce qu'il y a?...

— Il y a... il y a... dit-il, que je suis obligé d'aller tout seul chez les gens... tu comprends, nous ne sommes pas mariés...

— Alors, je resterai toute seule? demanda-t-elle, la voix altérée.

— Pauvre petite... je n'irai pas longtemps... juste le temps d'aller et de revenir...

— Ah! oui... oui...

— Je demanderai à Fouquet de te tenir compagnie...

— Non... ce n'est pas la peine... vois-tu... J'en profiterai pour repriser mes bas, coudre du linge, enfin faire de menus travaux...

Il embrassa ses cheveux et lui dit :

— Ça ne t'ennuie pas, chérie... chérie?...

— Non... ça ne fait rien, va... Il faut que tu réussisses...

— Petite aimée...

— Tu n'as pas encore quelque chose à dire, continua-t-elle en se forçant de rire... Je suis forte, allons... je vois à ta mine qu'il y a encore quelque chose de cassé...

— Non, je ne veux rien ajouter, une autre fois...

— Ah! jamais de la vie... tu vas parler tout de suite... J'attends...

— Voici, dit-il d'un air embarrassé... Mon ami a ajouté que je devrais recevoir dans mon atelier une fois par semaine...

Mimi faillit, cette fois, éclater en sanglots... Mais elle était forte. Elle se retint et fit des prodiges pour sourire faiblement.

— Ne poursuis pas, j'ai compris... On ne me verra pas rue Girardon, ces soirs-là... Je sais... je sais que je ne serais pas de trop... Mais j'en profiterai pour sortir mon frère et le mener au cinéma... Non... ne proteste pas... C'est entendu comme cela...

Mais lorsque Jean fut endormi, Mimi se releva et vint dans l'atelier admirer sa toile préférée : un paysage que Jean avait peint à ses côtés, aux premiers jours de leur liaison, et qui représentait la Seine à Bas-Meudon. Elle la regarda longuement et, pour la première fois depuis leur rencontre, sanglota comme son aïeule Mimi Pinson...

IV

— Je t'assure, Mimi, à ta place, je commencerais à montrer les dents!

— Pourquoi donc, Jeanne?

— Parce que... voici bientôt deux mois que vous êtes en quelque sorte fiancés... et que Jean t'a promis le mariage... Il l'a retardé sous un prétexte quelconque... Mais maintenant, il faut qu'il s'explique... ou sans cela, ça n'ira plus...

— Bah!...

— Comme tu deviens veule, ma petite... Ah! si c'était moi, je serais plus combative, sois-en sûre...

— Bah! répétait Mimi...

Elle ressemblait de plus en plus à son aïeule. Comme elle, elle s'apprêtait à souffrir et prévoyait les pires calamités. Les illusions s'envolaient peu à peu...

Plusieurs fois par semaine, Jean s'en allait chez des amis. Il revêtait l'habit de soirée. Comme il avait grand air, ainsi! Ah! certes, moins que jamais elle pouvait le comparer à ses camarades, moins que jamais elle voulait le considérer comme un poète bohème. Certainement, du sang noble coulait dans ses veines...

Jean venait la chercher de moins en moins souvent. Les amies jalouses ne manquaient pas de le remarquer.

— Il est très occupé, disait-elle...

— Oui... oui...

Et c'étaient les allusions habituelles et blessantes...

Seule Jeanne Sellier tentait de la consoler, la conseillait, lui disait de prendre patience, et peu à peu la confessait, recevait ses doléances, venait lui tenir compagnie lorsque Jean partait en soirée.

Ensemble, elles regardaient les toiles et les admiraient.

— N'est-ce pas qu'il a du talent?...

— Oui, ma petite Mimi...

Lorsque Jeanne Sellier ne venait pas, Fouquet montait à l'atelier. Mimi avait une envie démesurée de le questionner. Mais elle se retenait, avait peur que si Jean l'apprenait il ne se fâchât. Une fois seulement, elle avait dit, en laissant percer de nombreux sous-entendus :

— Jean ne me paraît pas semblable à vous autres...

— Pourquoi?...

— Il est autre... il ne fait pas les mêmes plaisanteries...

— Vous vous faites des idées, Mimi...

— Non pas... On me dirait que Jean est un prince, je n'en serais pas autrement étonnée...

— Amoureuse!... Ah! il a de la chance, mon vieux Jean... vous l'aimez...

— Oh! il est si bon...

Lorsqu'il rentrait, Jean semblait vouloir se faire pardonner ses sorties. Il l'embrassait passionnément et lui disait, en la regardant droit dans les yeux :

— Pourquoi ne me demandes-tu pas ce que j'ai fait? Ça ne t'intéresse pas?

Elle se trahissait peut-être en répondant :

— Je ne suis pas jalouse, tu sais...

Mais Jean n'insistait pas et l'attirait à lui :

— M'aimes-tu, petite Mimi?...

Il avait coutume, depuis quelque temps, de l'embrasser avec une sorte de passion sauvage, comme

s'il craignait brusquement de la perdre. A ces mo-
ments, les larmes lui montaient aux yeux :
— Adorée, disait-il.

**

On ne parlait plus mariage. Jean semblait avoir
oublié ses promesses... La vie continuait, réglée de
la sorte. Jean sortait de plus en plus fréquemment
et, une fois par semaine, recevait chez lui.
— Il serait pourtant simple, pensait Mimi, de me
faire assister à ces soirées... Je passerais pour la
compagne d'un des peintres qui y fréquentent... Ce
ne serait pas difficile... Le tour serait joué...
Mais jamais elle n'en souffla mot. Ces soirs de ré-
ception, elle allait au lycée chercher son frère, pas-
sait la soirée avec lui, écoutait avec joie le récit de
ses amusements et de ses études et ne rentrait que
très tard, lorsqu'elle ne voyait plus qu'une petite
lueur briller aux vitres de l'atelier.
Plus que jamais, voyant que Jean ne faisait aucune
allusion à leur mariage, elle envisageait une fin. Elle
ne songeait pas à se débattre. A quoi bon ? La vie dé-
ciderait, n'est-ce pas ?... Et elle goûtait avec une joie
un peu amère les heures que Jean lui consacrait, se
pelotonnait contre lui, se contraignait à ne songer à
rien, à rien qu'à la minute présente qui, pour elle,
marquait le bonheur, la félicité instantanée...

**

Un soir, elle avait été retenue à son atelier. Elle
regarda à la fenêtre à six heures et se rassura en ne
voyant pas Jean.
— Tant mieux... ça l'aurait ennuyé de m'attendre.
Elle capitulait ainsi sur toutes choses et apprenait
à se consoler avec vaillance...
Elle rentra vers sept heures rue Girardon et très-

saillit en apercevant Fouquet qui, tout pâle, venait à sa rencontre. Elle courut.

— Qu'y a-t-il?... qu'y a-t-il?...

Il semblait bouleversé, incapable de prononcer un mot.

— Qu'avez-vous, Marcel?

Elle s'énerva, frappa du pied :

— Parlez donc!

— Voici, fit-il avec effort. Jean a été appelé d'urgence en province, auprès d'un oncle malade...

— Alors... alors... il est parti?...

Il fit signe de la tête.

— Ah! c'est trop fort...

Elle sanglota.

— C'est trop fort... Il ne m'a même pas dit au revoir... Il aurait pu... voyons... venir à l'atelier... Il n'a pas laissé de mot?... Rien?... Rien?... C'est fini, dites, il est parti pour toujours?...

Elle s'arrêta de pleurer.

— Dites-moi, je serai forte... dites.

Il essaya de la calmer :

— Il reviendra vite, je vous l'affirme...

— C'est sûr?... Combien de jours?

— Deux ou trois jours, au plus...

— Bien... mais, tout de même, il aurait pu attendre de me voir...

Deux jours passèrent, puis huit, puis quinze. Mimi, au sortir de son travail, courait chez Fouquet, qui la recevait la mine accablée :

— Toujours rien?...

— Rien...

— Vous n'osez pas me dire qu'il ne reviendra plus... Dites-le, voyons... Pourquoi n'écrit-il pas?...

Elle éclata en sanglots :

— C'est fini, fini, notre belle liaison...

— Enfant, petite enfant, ne pleurez pas...

Elle se redressa :

— Je ne pleure plus.

Il craignit une résolution désespérée.

— Restez avec moi... dit-il.

Mais elle s'enfuit sans qu'il eût le courage de courir après elle.

Le lendemain, elle déménageait et s'en retournait à Ménilmontant. Elle voulait supporter avec le cran de sa belle aïeule la douleur de son amour finissant.

V

— Eh bien, Marcel, comment Mimi a-t-elle pris mon absence?

— Oh! mon pauvre vieux, ne m'en parle pas!... Cette petite me fait pitié!...

— Que veux-tu? il ne m'était pas possible d'agir autrement...

— Mais si, que diable! si tu lui avais expliqué la situation, je suis certain qu'elle ne t'aurait pas empêché d'obéir à ton père...

— Hélas!...

Ce dialogue avait lieu, un mois après le retour à Ménilmontant de Mimi, entre Jean et son ami Marcel Fouquet, dans un luxueux appartement de l'avenue de Villiers, où Jean habitait par suite de graves événements...

Ainsi que Mimi l'avait pressenti, il y avait un secret dans la vie de Jean. Il ne s'appelait pas Lambert, mais de Lambertin, fils d'aristocrates imbus des prérogatives que le sang leur confère, jaloux des vieilles traditions de la famille.

Jean avait reçu l'éducation que l'on donnait autrefois aux membres de cette caste. On l'avait élevé dans le respect et l'amour des anciennes manières. Dès son plus jeune âge, il s'était senti irrésistiblement attiré vers le dessin et la peinture. M. de Lambertin se désolait de cette inclination, lui qui aurait voulu voir son fils se consacrer à la carrière des armes ou, au pis aller, à la magistrature.

Cependant, Mme de Lambertin, de goûts plus artistes, encourageait son fils dans sa passion pour la peinture. C'était une femme douce et qui aimait son enfant jusqu'à la faiblesse.

Lorsque Jean atteignit sa majorité, il annonça à son père son intention de quitter Saint-Cyr, où il était entré à contre-cœur, et de donner enfin libre cours à ses dons.

M. de Lambertin était entré dans une colère violente :

— Tu n'y penses pas, mon ami!... Un de Lambertin devenir rapin et, qui plus est, bohème; non, jamais, entends-tu, jamais je n'y consentirai...

Mais la résolution de Jean était irrévocable. Une scène regrettable eut lieu alors, à la suite de laquelle Jean manifesta son intention de quitter le toit paternel. Son orgueil atavique le tenait et le faisait souffrir.

Mme de Lambertin avait essayé de rétablir le calme, mais Jean lui fit ressortir la difficulté de la situation.

— Je me sens des dons très réels... et puis, que faire dans la vie?... Rester à Saint-Cyr? attendre patiemment dans le désœuvrement de la caserne les galons les uns après les autres?... Non... vois-tu, d'autres joies me seront révolues si je suis mes penchants. Il le faut, petite maman...

— Mais songe donc à la colère de ton père!...

— Elle désarmera devant mes succès, je te l'assure... et il sera le premier à reconnaître son erreur...

— Où vas-tu aller?...

— J'ai déjà reperé un petit atelier à Montmartre...

— Je frémis en pensant à la vie que tu y mèneras,

aux relations plus ou moins recommandables que tu t'y feras, hélas!...

— Tes craintes sont vaines... J'ai eu l'occasion, tu t'en doutes bien, de faire de mauvaises rencontres au cours de ma vie d'étudiant et de mes premières armes à Saint-Cyr...

— Enfin, agis pour le mieux...

— Tu viendras me voir de temps en temps...

Et Jean était parti pour Montmartre. La fureur de M. de Lambertin s'éteignit. Toutefois, il ne voulut pas revoir Jean et lui signifia de changer de nom et de ne jamais dévoiler à quiconque son origine, tant que M. de Lambertin n'aurait pas levé son véto...

C'avait été alors l'installation dans l'atelier, les premières toiles, l'amitié déjà vieille de Jean et de Marcel, plus étroite que par le passé. Vie de labeur et d'espérances!... Parfois, Mme de Lambertin venait lui rendre visite.

— Jamais je ne viendrai à l'improviste, avait-elle dit; j'aurais trop de peine à rencontrer des... mauvaises filles...

— Mais non, maman...

— Ne proteste pas... Je viendrai tous les jeudis, à trois heures.

Jean trouva alors des acquéreurs pour ses premières toiles. Ce fut la joie, précédant de peu sa rencontre avec Mimi.

Il avait été sincère, alors, songeant sérieusement, selon ses désirs et ses affirmations, épouser la petite Mimi. Il avait ouvert son cœur à sa mère. La pauvre femme en avait été ébranlée...

— Pour moi, je suis certaine qu'elle est digne de devenir ta femme, mais ton père... ton père!... Tu connais ses préjugés et son entêtement... Jamais il ne voudra consentir à cela...

— Alors, que faire?

Jean se lamenta. Et c'est pour cela que Mimi le trouvait le soir avec des mines inquiètes et souvent accablées. Cependant, il ne désespérait pas de parvenir à convaincre son père. Et le meilleur moyen, pensait-il, pour y aboutir, était de travailler sans relâche et d'imposer le nom de Lambert, qu'il avait choisi, aux critiques et à la foule...

Mais brusquement, il apprenait que M. de Lambertin venait de tomber gravement malade et le faisait réclamer d'urgence...

Il n'avait eu que le temps de prévenir Marcel Fouquet :

— Préviens Mimi, dis-lui que je suis parti en province, ou tout ce que tu voudras...

— Que vas-tu faire?

— Je n'en sais rien... Pour l'instant, mon père est au plus mal... il faut que je coure auprès de lui...

Jean arriva avenue de Villiers comme le médecin en sortait. Il lui demanda son pronostic.

— Il n'y a plus d'espoir, répondit le praticien.

Jean se précipita comme un fou dans la chambre de l'agonisant, autour duquel s'était réunie la famille. Lorsqu'il aperçut son fils, son visage s'éclaira.

— Enfin, te voici! A présent, je puis mourir...

— Père!...

— Ne pleurons pas... et écoute-moi... J'entends, avant d'expirer, de notifier une dernière volonté... Tu es en âge de te marier... Ainsi que le faisaient tes ancêtres, je t'ai choisi une épouse...

Jean sursauta et regarda sa mère, qui, malgré sa douleur, s'efforçait de ne pas pleurer. Elle lui fit signe d'accepter, lui laissant à entendre qu'il ne pouvait faire autrement.

— Qui avez-vous désigné? balbutia Jean.

M. de Lambertin se redressa et scruta son fils :

— Berthe de Cornubert!...

— Berthe! s'exclama Jean.

C'était une cousine à la mode de Bretagne. Fille autoritaire, flirteuse enragée, garçonne, au demeurant assez avenante.

Le moribond voyait l'hésitation et l'émoi de son fils. Il trouva encore la force de se relever et, lui saisissant le bras, lui dit :

— Jure-le-moi... je le veux... jure!...

Des sentiments contradictoires s'agitèrent en Jean. Il ne pouvait causer, à cette heure suprême, la moindre douleur à son père expirant. Mais la pauvre enfant... qu'allait-il advenir?...

— Jure, continuait M. de Lambertin... Allons...

Jean fit le serment la mort dans le cœur... Alors, comme s'il n'attendait plus que cela, M. de Lambertin rendit le dernier soupir...

Il avait stipulé, sur son testament, que, malgré le deuil, les noces devraient être célébrées quelques jours après. Sa volonté fut respectée et le mariage eut lieu sans que Jean eût revu Mimi. Et cependant, il ne songeait qu'à elle, mais que faire contre l'atroce situation où le Destin l'avait placé?...

Il revit Marcel Fouquet, apprit la douleur de Mimi.

— Je t'en conjure, disait-il, fais-la patienter... sauve-moi de là... Je n'aime pas Berthe et elle ne m'aime pas...

— Tout cela ne serait pas arrivé si tu avais avisé ton père de tes projets...

— Hélas!...

— C'est bien la peine de se lamenter, à présent que le mal est consommé...

— Va voir Mimi, demanda Jean.

— Et que vais-je lui dire?

Raconte-lui la vérité... dis-lui que je la retrouverai un jour. Rassure-moi, cours à Ménilmontant...

Marcel Fouquet avait bien été obligé de narrer la navrante histoire à Mimi.

La pauvre petite éclata en sanglots et ne trouva pas un mot de reproche, mais, au contraire, des atténuations à sa faute initiale. Tout cela, en effet, provenait du silence qu'il n'avait pas osé rompre.

— Comme il doit être malheureux!... Voyez-le,

dites-lui que je pardonne... il ne pouvait agir autrement... j'espère à présent en l'avenir... Nous resterons alors ensemble...

— Vous êtes courageuse...

— Non, voyez-vous, je suis juste... A quoi bon le maudire, puisqu'il souffre?... Je l'attends comme s'il était parti pour un long voyage...

En elle-même, elle songeait avec douleur que ses mots et ses espérances étaient vains. Mais elle était forte et ne voulait plus penser qu'à son rôle auprès de son frère...

✾

Lorsqu'il avait connu les paroles de Mimi, Jean avait manifesté l'intention de courir chez elle, de la tenir dans ses bras.

— Non, mon petit, tu ne peux faire cela... Tu es marié à présent, et tant que tu auras cette chaîne il ne faut plus revoir Mimi...

— Jamais, alors?

— Si... je crois avoir une idée...

— Je t'en supplie, dis-la-moi...

— Voici... Il n'y a pas trente-six moyens pour te débarrasser de Berthe... D'abord, quelles sont vos relations?

— Froides et correctes... Le mariage ne semble pas avoir amélioré son caractère... Elle n'y a vu d'autre part, comme beaucoup de jeunes filles actuelles, que l'occasion de se libérer, de pouvoir enfin mener sa vie... Je ne la gêne en rien, et par conséquent je suis le mari qu'elle avait rêvé; toutefois, elle éprouve un dépit violent en raison de mon attitude; je le vois bien aux regards qu'elle me jette... Je finirai par arriver à ce que je désire : lui rendre ma présence insupportable.

— D'accord, mais il y a un moyen plus rapide et beaucoup plus aisé, du moment que ses sentiments pour toi sont insignifiants et, pour tout dire inexistants... Flirte-t-elle beaucoup?

— C'est-à-dire que c'est là sa distraction favorite!

— Bravo!

— Comment, bravo?

— Mais oui... je me comprends· et tu vas comprendre dans un instant... Avec qui flirte-t-elle?

— Oh! elle a certes des préférences, mais elle accueille tous les flatteurs avec une joie égale...

— Victoire!...

— M'expliqueras-tu, à la fin?...

— C'est simple; tu vas me présenter à elle et je flirterai, nous flirterons... comprends-tu?

— Pas du tout...

— Je ferai en sorte de pousser le flirt le plus loin possible, je la compromettrai... et tu arriveras au moment propice... Alors, tu feras un éclat et tu réclameras le divorce... que tu obtiendras et que Berthe ne pourra refuser... Dans huit jours, tu reverras ta « Mimi Pinson »...

— Puisses-tu dire vrai? s'exclama Jean.

— En attendant, au travail! Quand me présentes, tu?...

— Aujourd'hui même, si tu le veux... Ma femme est actuellement sortie et ne peut guère tarder à rentrer...

Marcel Fouquet était un beau garçon. Élégant, bien proportionné, il pouvait sans fatuité prétendre réussir auprès de la nouvelle Mme de Lambertin.

Il sut plaire en effet. Jean se rendit rapidement compte de l'intérêt qu'elle sembla porter à Marcel. Le soir, elle lui en parla :

— Vous avez un ami charmant...

— Vous trouvez? demanda Jean en dissimulant son contentement.

— Certes... Il me plaît infiniment, et je souhaite le voir souvent ici...

— Il sera fait selon votre désir...

Bientôt, Marcel devint un familier. Il se montrait distant et aimable à la fois, ne voulant pas se brûler auprès de la jeune femme. Elle le traitait avec une coquetterie provocante, mais il affectait de ne pas s'en apercevoir et s'ingéniait surtout à atiser ses attitudes, afin de leur faire prendre une forme plus réelle.

Mimi n'était pas au courant de ce qui se tramait. Elle poursuivait sa vie héroïque, espérant avec entêtement et conservant sa confiance à Jean.

— Petite Mimi, lui dit un jour Marcel avec exaltation, je vous le ramènerai bientôt...

Elle ne répondit pas, mais deux grosses larmes sillonnèrent son fin visage.

VI

C'était un soir de juin, où l'air est empli d'une douce chaleur. Les rues se peuplaient rapidement de gens sortis de leur travail. Mimi sortait elle aussi, mais sans entrain. Que lui importaient à présent ces heures de liberté qui lui rappelaient la grande tristesse de sa solitude!

— Toujours aussi triste, Mimi!... Tu ne ris pas comme ton aïeule... Ah! cette jeunesse qui est déjà vieille!... Comment seront donc nos enfants?...

Jeanne Sellier s'effrayait de la mine de son amie.

— Il n'est pas revenu, ton Jean?...

— Non... pas encore...

— Mais comment se fait-il que son voyage dure si longtemps?...

— Il a des affaires de famille très compliquées...

— Ouais...

Mimi rentra seule et, afin de prolonger la route, elle alla à pied. Le spectacle de la rue ne l'intéressait pas, malgré tous les efforts qu'elle tentait pour essayer de retenir sa curiosité.

Elle avait beau se défendre, c'était à Jean qu'allaient ses pensées, aux premiers jours d'antan, aux belles illusions, aux promenades, aux travaux qui devaient apporter la fortune.

Elle marcha plus vite, afin de se fatiguer et de chasser ces mauvaises visions...

Elle arriva enfin à l'immeuble du boulevard de Ménilmontant. La concierge se tenait sur le pas de la porte. C'était une brave femme, cette Mme Février, toujours prête à rendre service.

— Eh bien, ma petite, comme vous êtes en retard? Il y a un monsieur qui est venu vous demander...

— Un monsieur?

— Ah! cela semble vous redonner vie, n'est-ce pas?...

— Mais qui était-ce?...

— Je ne sais pas, répondit Mme Février en souriant...

— Si... Vous ne voulez pas le dire...

— Allons... il va revenir, ce monsieur, vous disje... Vous l'attendrez ici?

— Non... je préfère monter...

Mimi était tremblante. Qui était ce visiteur? Ce ne pouvait à coup sûr être Marcel Fouquet, puisque Mme Février le connaissait. Alors... Alors?... Oh! si c'était Jean...

Elle fut obligée de s'asseoir, tant l'émotion la tenait. Mais elle se redressa vite et l'énervement la prit. Elle marchait de long en large dans les petites pièces, tapait du pied, se mordait les doigts.

On sonna.

— Mon Dieu, qui est-ce?... qui est-ce?...

Elle crut qu'elle ne pourrait aller jusqu'à la porte. Ses jambes ne la supportaient pas. Elle entre-bâilla enfin la porte.

— C'est vous, Marcel!... Oh! Mme Février m'a dit que c'était un monsieur qu'elle ne connaissait pas...

— C'était moi, mon enfant... Qui pensiez-vous donc que ce fût?...

— Vous avez raison... je suis ridicule...

Il dut la soutenir pour l'empêcher de tomber. A présent, elle était sans vie dans ses bras, la pauvre enfant que l'émotion avait terrassée. Marcel la porta sur le lit, puis il revint vers la porte, l'entr'ouvrit et fit entendre un léger sifflement.

— Tu peux venir, Jean...

Jean se tenait dans l'escalier et arriva le plus vite qu'il pût.

— Qu'y a-t-il?...

— Mimi s'est évanouie...

— Pauvre petite...

— Mais non, c'est très bien ainsi... Tu vas la prendre dans tes bras et, quand elle se réveillera, elle aura la plus belle surprise de sa vie...

Jean s'approcha du lit et regarda Mimi. La vie paraissait envolée du jeune corps. Le visage aux traits réguliers avait revêtu une grande expression de douceur.

Jean la souleva avec des gestes menus et tendres et la tint dans ses bras. Il la regardait toujours, épiant le moment où elle s'éveillerait et connaîtrait la joie.

Les lèvres pâles remuèrent et émirent des sons indistincts. Jean se pencha pour entendre. Le souffle de la bouche fraîche le fit frissonner.

— Jean, murmura-t-elle...

Les paupières s'ouvrirent lentement. Elle regarda sans voir et se redressa soudainement.

— Jean! cria-t-elle...

Ses yeux s'agrandirent démesurément.

— Jean, est-ce toi?...

— Oui, c'est moi, ma chérie, répondit-il en l'embrassant; c'est moi qui suis revenu à tes côtés pour toujours, enfin...

— C'est impossible...

Elle pleurait de joie et riait en même temps. Elle serrait convulsivement celui qu'elle croyait à jamais perdu...

****

Lorsque l'émotion fut passée, on songea à dîner. Jean voulait aller au restaurant, mais Mimi s'y opposa.

— Nous dînerons ici, nous serons beaucoup mieux, n'est-ce pas votre avis, Marcel?

— Je vais m'en aller et vous laisser seuls...

— Etes-vous fou? Restez... je le désire... Nous allons courir aux provisions...

— Entendu, mais je m'en irai à dix heures...

— D'accord...

Le dîner fut prêt en un tournemain, parmi la gaieté la plus folle. Dès qu'on fut à table, Mimi demanda :

— Mais, enfin, je voudrais bien savoir comment tu t'es libéré... comment ta femme...

— Mon ex-femme, veux-tu dire?... car je vais divorcer, en plein accord avec elle, d'ailleurs...

— Oh! c'est trop beau! s'écria Mimi en battant des mains.

— Je vais te conter cela... La vie avec ma femme était intolérable, tu t'en doutes bien, tant je pensais à ma petite Mimi... Je cherchais les moyens les plus divers pour me débarrasser d'elle, pour me rendre libre... Ce mariage, je ne l'avais accepté que pour obéir à la dernière volonté de mon père mourant... Je voyais bien que ma femme, comme moi-même, ne pouvait m'aimer... La contrainte éloigne et fait haïr... C'est alors que Marcel, ici présent, eut une idée géniale... « C'est simple, me dit-il, je flirterai avec ta femme, et m'en ferai aimer; je te promets de faire tout ce qu'il faudra pour cela. » Ce ne fut pas long... Marcel est un grand séducteur..

— Hum!... coupa Marcel.

— Tais-toi, et ne fais pas le modeste... Bref, continua Jean, notre ami arriva rapidement à se faire aimer... La première partie du plan se réalisait... Il fallait poursuivre... J'alléguai une absence de deux jours, et ce sur quoi nous comptions arriva... Ma femme téléphona à Marcel pour lui annoncer mon départ et lui demander de venir... Il acquiesça et lorsque, deux heures plus tard, je pénétrai à pas de loup dans mon appartement, je pus les surprendre s'embrassant à bouche-que-veux-tu... Ah! la joie que j'éprouvai!... Pour un peu, j'aurais embrassé ma femme qui se tenait devant moi, honteuse, surtout d'avoir été découverte... Je la regardai à peine et, sans hausser le ton, d'une voix calme, un peu froide, je lui dis : « Madame, vous comprendrez que notre mariage doive se rompre, puisque vous vous pâmez chez moi en compagnie du premier venu... » — « Du premier venu! » s'écria Marcel en dissimulant une forte envie de rire. « Epargnez-moi, monsieur, le dégoût que j'éprouverai à vous adresser la parole! » lui répondis-je.

Mimi riait aux éclats. Dans un mouvement spontané, elle sauta au cou de Marcel et l'embrassa.

— Comment vous remercierai-je, mon cher Marcel, de votre initiative et de votre bonté?...

— En aimant Jean...

— Puis-je l'aimer plus?...

— On n'aime jamais assez ici-bas...

Jean conta enfin comment sa femme avait accepté le divorce, en témoignant d'une grande joie.

— L'histoire est finie, dit Jean. Nous n'avons qu'à continuer comme si ces deux mois ne s'étaient jamais passés... Fini tout cela... Oublions les mauvaises heures...

— Non pas, répondit Mimi, car elles font goûter avec un enthousiasme intense le bonheur en marche...

Tous trois exultaient. Mimi avait retrouvé son entrain d'arpette, sa gaieté de petite-fille de Mimi Pinson. Ah! le soleil éclatait après une petite pluie fine et persistante. Le soleil, c'était la joie, le renouveau de gaieté.

— On a le droit de rire, à présent... dit-elle.

Elle prit alors un air grave, se leva et se dirigea vers une commode. Elle retira d'un tiroir un bonnet de dentelles et le mit de travers sur sa tête :

— Semblable à Mimi Pinson, je vais chanter, comme on chante à Paris, lorsqu'il fait beau dans les cœurs... J'ai le droit de le porter, ce petit bonnet de joie que j'ai cousu pendant les deux mois où mon cœur était en exil douloureux... Ce petit bonnet!... Mimi Pinson!... Toute notre vie, à nous, les petites cousettes sentimentales...

Elle se reprit et, avec un rire espiègle, ajouta :

— Ah! si toutes pouvaient trouver leur Jean Lambert!...

FIN

Lisez jeudi prochain :

L'ange du bonheur

ROMAN SENTIMENTAL INÉDIT

par FÉLIX LÉONNEC

Le Roman complet **0.25**

J. FERENCZI et Fils, éditeurs, 9, r. Antoine-Chantin, Paris (14ᵉ).

L'IMPRIMERIE MODERNE, 177, route de Châtillon, Montrouge 9-8-29)

Milton Keynes UK
Ingram Content Group UK Ltd.
UKHW022122030324
438776UK00008B/1375